괜찮아 힘내렴

박희홍 제5시집

시음사
시사랑음악사랑

* 목차

* 목차

QR코드 스마트폰으로 QR 코드를 스캔하면
시낭송을 감상할 수 있습니다 본문
시낭송
감상하기

본문 시낭송 모음 1
1. 공존의 틀
2. 입춘
3. 눈과 어머니
4. 작은 관심과 배려
5. 들풀과 풀꽃
6. 커트라인이 없는 행복

본문 시낭송 모음 2
1. 사랑한다는 말
2. 괜찮아 힘내렴
3. 속없던 어린 시절
4. 멋스러운 사월
5. 벽을 허무는 일
6. 가을날
7. 칠월의 밤 풍경
8. 삼지닥나무
9. 추분 때쯤엔
10. 짝꿍 인연

영상은 YouTube 정책 또는 운영 관리에 따라 삭제될 수도 있습니다.

시인은 자연을 이야기하고 시낭송가는 자연을 품었다
글자는 날개를 달아 언어로 날고 소리는 자연에 눕는다

핑곗거리 찾기

삶의 터전에서
피나는 노력으로
손발은 물론이고 입도 몸도
마음대로 부릴 수 있다고

우쭐대지 않고
비범하대 겸손하면서
그 분야에서
신의 경지에 다다라

장인이 되고 달인이 되어
우리 삶의 질을 높여주니

좋기야 좋은 일이지만
잔소리와 간섭 질에
도통한 장인이나 달인만은
제발 만나지 않았으면 한다

내로남불

세상 살아가기
어렵지 않은 일 있던가
산천초목인들
아무런 걱정 없을까

각고의 시간을 버텨 내며
사는 것임을 알건만
생각하는 동물이라면서
거짓부렁이를 일삼으며
어찌하여 남 탓만 하며
불평불만을 꼭 앞세울까

태초부터 있었다지만
정도가 심해도 너무 심해
상종을 못 하겠으니
이를 고칠 수 있는
신비한 묘약은 없을까

그땐 다 그랬지

60년대 초 초등생인
난 학교가 파하고
집에 오는 길에 친구들과
봄엔 달큼한 맛이 나는
삘기와 소나무 껍질을 벗겨
잘근잘근 씹어 물을 삼키고
여름엔 오이나 참외를
가을엔 무나 고구마 등을
서리하여 허기를 달랬다

겨울에는 쫄쫄 배곯아 가며
집으로 냅다 달려와
물김치와 고구마로 퉁쳤다
그때 우리 또래는 다 그랬다

칠십 문지방을 넘고 보니
모두가 엄청나게 가난했던 그 시절
그래도 활활 타오르는 장작불 같은 인심을
새삼 느끼게 하는 만화 같은
추억의 한 페이지를 넘겨보는 마음
입가에 웃음기 빙그르르 돈다

소소한 이야기

어쩌다가
아이를 해산解産도 않고
생일도 아닌데
모임이 해산解散 되었다며
미역국을 먹었다 하나

아니 그게
뭔 뚱딴지같은 소리야
글쎄 시험에 떨어져도
미끄러졌다 하지 않고
미역국을 먹었다고 하니

괜한 말실수 하지 않으려면
말의 곁가지를 알고
생각 없이 말하지 않는다면
말의 잎이 사철 푸르려나

홀로 사랑

서름서름하여
혼자서 애태우다
마음속에 담아둔 생각을
바람결에 띄워 보낸다

푼푼한 바람도
뒷갈망이 쉽지 않겠지만

애간장 타지 않고
구순하게 잘 지낼 수 있는
깜짝 놀랍고 반가운 알림
어서 빨리
귀 고프게 듣고 싶다

* 서름서름하다 : 남과 사이가 자연스럽지 못해 몹시 어색하다.
* 푼푼하다 : 졸하지 않고 너그럽다.
* 뒷갈망 : 어떤 일이 벌어진 뒤에 그 일의 마무리를 맡아 처리함.
* 구순하다 : 서로 사귀거나 지내는 데 사이가 좋아 화목하다.
* 귀 고프다 : 실컷 듣고 싶다.

차綠茶꽃에서 배우는 지혜

가을이 황홀한 단풍으로
단장하기 전에
먼저 곱게 밑 화장하고
향기를 퍼 나르는 달걀 꽃

할아버지
다섯 장 백옥 같은 꽃잎에는
너무 움켜쥐려고도 말고(鹹함)
까탈스럽게 굴지만 말고(酸신)
편하여지려고도 말고(甘감)
성깔만 부리려고만 말고(澁삽)
그렇다고 힘들게 살려고만 말라(苦고)는
삶의 심오한 지혜가 담겨 있다고 한다

무탈하게 예쁜 아이가 태어날 때까지
부모의 자식 사랑이
기다림의 연속이듯이
실화實花 상봉相逢하려는 맘
이 또한 기다림의 세월인가 보다

노년의 바람

어느 아무도 모르는 순간에
구렁텅이에 빠진 아버지를
나 혼자서는 어찌할 수가 없다

누구를 보든 횡설수설하니
구차하게 변명할 수도 없다
자기라면 집에서 모시겠다고들 한다

누군들 그럴 줄 모르나
구구절절 옳지만, 하루 이틀이지
나라가 도와주니 그나마 다행이다

누구도 안심할 수 없고
구세주도 어찌 못 하는 일을
나만은 비껴가길 바랄 뿐이다

혈압

동네 병원에서는
정상이라고 하는데

큰 병원에서는 높다고 하니
왜 그런 걸까
기계 고장은 아닐까

아버님
혈압계는 정상인데
다급하게 오셔서 재면
그럴 수 있어요

조금 쉬었다가
다시 재보게요
차 한잔하고 계셔요

비에 대한 마음

설마
억울한 사연을
하소연하고자
버럭 쏟아내는 것은 아니겠지

모름지기 중생을 위해
밑거름이 되고자 하는
마음에서 그러겠지

배려하려는 마음이
고맙고 고마울 따름이지만,
항상 시의적절할 때
내려 준다면 더 좋겠다

벽을 허무는 일

말보다 마음이 먼저인데
그렇지 못해, 사람 사이에는
불통이란 보이지 않은
금산철벽이 가로막는 경우가 있다

사람 사이를
부드럽게 이어주는
강력한 힘의 원천은
서로를 존중하는 말에
고마워하는 마음이 더해져야 한다

언제고 고맙다는
공감하는 말로 소통하다 보면
벽은 순식간에 스르르 무너진다

그래서 사람과 사람 사이에는
웬만하면 말을 앞장세우지 않고
상대를 이해하고 배려하려는
마음이 우선이라더라

* 금산철벽金山鐵壁 : 어떤 물건이 매우 견고함을 이르는 말.

이름값

피었다 지는 꽃도
자신의 이름을
영원히 남기고 간다

하물며 시인이라면
누대에 이름을
남길 수 있을는지

떠벌여 놓기만 했으니
이름을 남길 수 있을는지
그저 감감하기만 하다

시계의 하루

어둠을 뚫고 일어나
천사백사십 둘레를
팔만 육천사백 발걸음으로
쉼 없이 돌고 돌며

만물의 영장 인간더러
힘내라 응원하는
째~깍 째깍하는 소리

모두가 잠든 밤이면
쪼금 쉴 만도 하건만
깨달음의 죽비 소리로
다가오는 가슴 쨍한

공명 소리는
생의 수레바퀴 교향곡

아무 말 잔치

입버릇처럼
좋은 일 하겠다고 하고서
나중에 외면하는 모습에서
믿을 수 없음을 본다

마치 일 년 열두 달의
순서를 바꿀 수 있을 것처럼
번지르르하게
말을 참 잘한다

명색이 큰일을 하겠다고
큰소리 빵빵 치던 사람이
한순간에 돌변하여
나 몰라라 한다면 쓰겠나

힘없는 무지렁이라고
우습게 보다가
큰코다치기 전에
약속을 중히 여겨야 하네

허욕

하늘의 별과
땅의 모래알 중
어느 게 많고 적음을 따져
무엇에 쓸고

부질없는 일에 얽매어
욕념에 사로잡혀
들떠 불탄 들
공허할 뿐인 것을

알아차리지 못한다고
그냥 넘어갈 수 없는
노릇인데
어찌해야 할지

기약 없는 이별

그대를 보내며 부딪치던 술잔
그 주막 살강 위에 덩그러니 앉아 있고

이별의 한숨이 서린 고갯마루에
위엄 있는 고목의 자태
또한 여전하건만

하늘이 무너지는 별리別離의
아픔이 아니라서 그나마 괜찮네만

꾀꼬리 우는 봄날이면 가슴앓이로
주막과 고목을 오가며 서성임은

고향을 그리워하며 떠나간
그대가 생각나기에 어쩔 수 없어라

이해와 오해

관계가
서먹서먹하다면
먼저 정중하게 인사를 건네고
손 내밀어요

받아주지 않는다고요
내일도 모레 글피에도
그리해 보세요

꽁꽁 얼어붙은
가슴이 스르르 녹아내려
당신의 텅 빈 마음을
따스함으로 채워줄 거예요

기다림이란 어찌 보면
큰 기쁨을
안겨주기 위함이 아닐까요

잡념

변해가는 잎이
벗하자 하고
포도가 술로 변해가며
동무하자 하니

낭만을 즐길까
술을 즐길까

가을이 아롱다롱
잡생각에 빠져들게 한다

변하는 얼굴빛

달콤한 사랑에 빠졌을 땐
해맑게 활짝 웃던 얼굴

말없이 떠나버리자
차갑게 얼어붙은 얼굴

녹여줄 사랑 기다리며
실눈 뜨고 꾸벅꾸벅 졸다

반가운 임이 찾아오셨나
달콤함에 푹 빠진 얼굴

이별의 서러움을 잊는데
이처럼
잠깐의 여유로움이 약인가 보다

우쭐대지 말라

자신은 느끼지 못한
파릇한 생명력
우리를 압도하는 힘

유독 사계절 중
꼭 짚어
너만 왜 새롭다지

선택받는 자의
우월함이라고
지랄발광 떨지 말고

도도한 세월과
오순도순
어울려 순항하려무나

하루의 무게

일이 바빠서 아니면 한가해
빠르거나 늦은 걸음일지라도
도착할 종착점은 늘 같다

이럭저럭 보내다 보면
딱 알맞을 때를 놓쳐
남아돌거나 아니면 부족해
안절부절못한다

부족하거나 남아도
대출도 되지 않고
예금도 받아주지 않으니
별도리가 없다

적재적소에 적절하게
소비할 수 있게
양量을 잴 수 있는 저울이 있다면
마음먹은 대로 쓸 수 있으려나

입춘

욕심을 내려놓고
건양다경 하라며
따사로운 햇살과 함께
살그머니 졸음을
앞장세우고서 온다

냉이 달래로 만든
맛깔스러운 음식에
기운 차리고서
아직 오지 않는
푸름을 마중하려

떨어지는 빗방울 따라
한없이 걷다 보니
풀꽃이 웃는 얼굴로
살포시 일어나 귀에 대고
봄날이 오고 있다고 속삭인다

* 건양다경 : 봄의 따스한 기운이 감도니 경사로운 일이 많으리라
　　　　　입춘을 맞이하여 길운(吉運)을 기원하는 글.

한잔의 커피

사색과 그리움을
즐기는 사람이나
외로움과 기다림을
사랑하는 사람에게
한잔의 커피는 벗이 된다

냉철한 사람은
차가운 커피를
온유한 사람은
따뜻한 커피를 즐길까

그러나 어떤 커피든
덧정이 생겨서
누구에게나
위로가 되고 힘이 되어
언제나 고마움으로 남는다

네 탓 내 탓

어쩌다 부딪치면
지레 서머하여
본숭만숭하거나 원수가 된다

하나는 잘못 없어 억울하지만
자존심 구길까
사과할 방법이 찾지 못해 속 썩고

다른 하나는 이런저런 핑계로
차일피일 미루다 풀지 못해
응어리가 커지고 굳어진다

서로 낮은 곳을 찾으면
부딪칠 일 많지 않아
쉽게 썩지도 않고
버럭 화날 일도 없을 것 같은데
서로 눈치 보느냐 그르친다

* 서머하다 : 미안하여 볼 낯이 없다.
* 본숭만숭하다 : 건성으로 보는 체만 하고 주의 깊게
　　　　　　　보지 아니하다.

소쩍새 우는 밤

작년에 만났으면서
물리지도 않나 솥 적다, 솥 적다
정든 임이 떠났나
외롭고 슬픈 구애의 울음소리

아니 그 소리가 풍년이 들어
정든 사람들의 고단한 살림살이가
넉넉해졌으면 하는
간절한 염원의 기도 소리라니

한밤중에 구슬피 울어
애잔하다고 생각했는데
이런 숭고한 사연 때문이라니
간사하게도 금세 마음이 변해

우리를 힘내게 하고
기분 좋게 하는
응원의 소리로 들려
물리지 않은 정겨운 밤이다

바람의 못된 마음

예쁜 꽃에 홀려
눈에 담으려고
눈을 깜박거리려는데

이악스럽게
저 혼자서 가지겠다는
마음보가 도져

시망스럽게
눈 깜짝할 새에
뒤흔들어 놓곤 해
황그리게 되곤 한다

* 이악스럽다 : 자기의 이익을 위하여 지나치게 아득바득하는
　　　　　　　데가 있다.
* 시망스럽다 : 아주 짓궂은 데가 있다.
* 황그리다 : 욕될 만큼 매우 낭패를 당하다.

삼지닥나무

봄꽃이 그렇듯
잎을 앞세우지 않고
앙증맞고 소담하게
홀연히 피어나는 그리움

매화 피고 영춘화 핀 뒤에
뒤처진 듯 왔다고
부끄러워 고개 숙인 듯
은색 긴 나팔 속에
진노랑 사각 단추를
달고서 찾아온 봄 향기

겨우내
소녀의 젖꼭지 같더니
춘삼월엔 아기에게 젖을 물리려
수줍게 피어난 엄마 젖꼭지여라

정원에 심어 놓고
야금야금 뽕잎 먹는 누에처럼
천천히 입맛 나는 향기를 맡아가며
잠시 사색에 잠겨 보고 싶어라

부처꽃

천상천하
유아독존 하지 않으려
물가에 흐드러지게 피어
사랑을 한 몸에 받으면서도
기풍을 잊지 않고 청초하다

어찌하다 보니 어느 날
연꽃을 대신해
공양물로 부처께 올려졌다

보라색의
신비스러움에 개성 있고
우아하게 품위를 갖추어
만행화萬行花의
반열에 오를 만하다

* 부처께 올리는 6가지 공양물 : 향, 등, 차, 꽃, 과일, 곡식.
* 만행화萬行花 : 불교에선 꽃을 만행화라 부름. 꽃을 피우려고
　　　　　　　인고의 세월을 견디는 게 불가의 수행을 닮았기
　　　　　　　때문이라고 함.

세월 탓

오랜만이야 반가워
우리 몇 년 만이지
졸업하고 처음 보니
육십 년이 넘어 육십 년
너는 흰머리도 없다

응, 속이 없어서 그런가 봐
짜식 속없는 놈이 살아 있니
빙그레 웃는다

만나보니
초등 시절의 어린 모습은
온데간데없고 늙수그레하고
느릿한 움직임에
말씨마저 어눌해져 가다니
속이려야 속일 수 없는 것은
역시 세월인가 보구려

멋스러운 사월

사월의 달이 밝은 밤
라일락 향기는 실바람 따라
이 집 저 집 창가를 서성여
젊은이의 가슴을 설렘으로
한껏 들뜨게 해
잠 못 이루게 하고

아직 집을
다 짓지 못한 게으른 새는
내일은 꼭 짓겠다는
맹세 속에
마지막 고비의
추위에 떨며 밤을 지새우게 하고

화려한 꽃과 나무는
푸른 밤을 수놓은 별들과
내일은 세상을
어떻게 하면 더 아름답게 할까
의논하다가 움찔움찔 아른거리는
즐거움에 취해 두둥실 잠든다

봄은 우리에게

참기 힘들지만 마음대로
계절을 건너뜀 할 수 없어
꽃샘과 잎샘의 온갖 시샘에도

살며시 바람이 달고 오는
따스함과 은근한 햇살에
돌고 돌아서 솟구쳐 올라

어딜 보아도 푸르름에
마구 들려오는 기쁜 소식
색색의 꽃, 꽃 잔치의 흥겨움

주저앉지 않게 다독여서
삶에 활력 넘쳐나게 하는
우리 삶의 새로운 출발 신호

마음에서 마음으로

봄
봄을 재촉하는 비가 왔다
길섶에서 온갖 풀들이 웃는다
스산하던 마음이 차분하다

온천지의 나무와 풀들은
연둣빛 잎새와 꽃 무더기로
연인들의 가슴을 설레게 한다

낯가림에 서먹서먹하던
너와 나의 사이에도
낯꽃이
그리도 밝게 피워 올랐으면 한다

봄의 가교

몸피 작은 이월이
잎샘과 꽃샘 더러
계절의 경계를 풀라 하네

이월은 겨울 더러
차가운 개울물에
풍덩 빠지지 말고
어서 건너라는
속정 깊은 징검다리

속는다는
쓸데없는 걱정 끊고
방콕을 졸업하고
물소리 새소리 들으려
집을 나서라며

한 걸음 한 걸음
발소리 들어가며 걷다 보면
꽃피는 봄날이 올 거라네

봄 물안개

일교차 크게 나더니
밤샘하고 나서
부끄러워
보여주고 싶지 않은 게 있었을까

해가 일어나기 전
앞뒤 분간할 수 없게
자욱하게 모락모락 피어나는
온통 희부연 물안개

옅은 먹물 껴안는 비경의
수묵화 한 폭을 그려놓고
길손더러 목축여 가라며
권주가를 부르네그려

보고도 못 본 척

뜨락에 가득 찬
봄빛에
형형색색으로 꽃피어
춘정의 향기 그윽하여
벌 나비가 꽃을 희롱하는데

달빛 뜨락에
라일락 향기처럼
순수하고 참된 영혼을 가진
두 그림자 아른거려도

부질없이 참견하지 말게

봄이 오려나

실바람 부는 소리
설중매 피는 소리
실개천 넘고 넘어
눈이 마실 가는 소리

서성일 틈 없이
노루가 깡충깡충 뛰어오르듯
혀를 회회 내두르는 봄

지천으로 핀, 이 꽃 저 꽃에
눈을 팔았더니 토하는 하품에
온몸이 노곤하여
두 눈이 사르르 감기는

꿈속에서 봄날은 익어가고
이십 사색 물감 한 점씩
물고 나오는 새싹들

물의 윤회

깊은 산골짜기에서
맑고 청아하게
막힘없이 졸졸 흐르는 물

땅에 뿌리박은 것들과
사람과 뭇 생명의
갈증을 풀어주는 고마운 물

푸덕푸덕 얼굴과 발을 씻고
첨벙첨벙 발장구치게 하는
유리알처럼 맑은 물

너 있기에 더 아름다운 산
죽마고우처럼 뗄 내야 뗄 수 없는
보배로운 물, 물

흐르고 흘러 머물다
하늘에 올랐다
어김없이 찾아오니
너의 덕에 우리가 산다

비바람의 장난

봄 가뭄이 심해
언제 오려나, 목 타게 기다리다
목 빠진 줄 알았는데
장마가 찾아와 그럭저럭 지냈다

장마가 가고 난 뒤
비바람이 잠시 왔다 간다기에
기대도 하지 않았는데
몇 날을 곳곳을 돌며
두 자 넘게 벼락이 치듯
쏟아부어 물난리가 났다

여기서 사람이 죽고
저기서 집이 무너지고
일순간에 천지가 개벽하니
이대로는 못 살겠다, 아우성친다

제힘으로 바람 태어나고
구름 태어나는 건 아닐진대
자연의 섭리라서 어쩔 수 없다고
우주를 정복하는 시대에
대책 없으니 참으로 지질하다

크나큰 걱정과 시련과 재앙에
인간성 회복에 적당이라는 온도 차가
사람의 마음과 하늘의 뜻이 다른가 보다
하늘은 인간더러 욕심을 줄이라 하고
인간은 하늘이 인간의 마음을
너무 몰라준다며 지겹다 원망한다

부질없는 소리겠지만
징글징글한 자연재해가
재발하는 것을 줄일 수 있게
옳고 그름을 판단할 비책으로
명판결을 내릴 재판관 어디 없나요

도모悼耄와 역병疫病

죄는 무거워도
가두지 못해
진저리를 치게 하는 역병

일곱 살 아이와
여든 살 노인을
외출도 못 하게
집안에 가두려고

막아서는

너는
지리멸렬 궤멸당해도 싸다

* 도모悼耄: 일곱 살 어린이와 여든 살 늙은이를 이르는 말.

이랬다저랬다

겨울 찬바람에
휩쓸려 다니는
얼음장 같은 마음

따스한 봄바람에
되돌아와 주는
솜털처럼 포근한 마음

바람의 짓궂은 유희에
꽃샘잎샘의 얄망스러운 시샘
덩달아 놀아나며
갈팡질팡하는 마음

* 얄망스럽다 : 성질이나 태도가 괴상하고 까다로워
　　　　　　　얄미운 듯하다.

봄아

늙고 병들어도
너를 추억할 수 있게
우리 가슴에서 영원히
사라지지 않을

새 생명에
희망과 환희를 주며
부드럽게 미소 짓는
은혜로운 너

있잖아, 그러니
우리 곁을 영원히 지켜다오

함께 나누는 기쁨

오동도 동백숲에
꿀 빨기에 바쁜
나풀대는 동박새야

종고산 등성이에
참꽃 개꽃
화들짝 피었더냐

초록빛 바다 위를
붉은 참꽃 개꽃 배를
타고 건너가

술비소리에 맞춰
추임새를 넣어가며
만선에 무사 귀환을
빌고 또 빌어 보자꾸나

* 오동도와 종고산 : 전남 여수시에 있은 섬과 산
* 술비소리 : 거문도의 뱃노래 가운데, 출항 전에 풍어를 빌며
　　　　　어부들이 배 위에서 밧줄을 꼬면서 부르는 민요

노랑나비

바람이 나도 단단히 났나
빠르게도 접었다 펼쳤다
이 꽃 저 꽃을 찾아
갑작스레 입맞춤하고 달아났다
다시 찾아오곤 한다

수줍은 듯 얼굴 붉히며 하는 말
절대 불륜이 아니고
움직일 수 없는 그들이
사랑을 나눠 달라고 한다며

만약 내가 찾아가지 않으면
실망이 대단히 커
벙글었던 꽃이 실연당한

서러움에 꿀샘을 일찍 닫고
먼 길로 떠나버리기 때문에
누이 좋고 매부 좋아서란다

시력 회복

평소 때와
책을 볼 때
각기 다른 안경

귀찮고 불편해
누진 다초점으로 바꿨으나
별반 다를 게 없다

고민 끝에
시력 1.2쯤 되는
인공 눈알로 바꾸는
수술받았는데
눈 떠 보니 꿈이었다

그나저나 수술해야 할까

4월

생명의 달 4월을
잔인한 달이라 말함은
맞지 않는 말

거짓말을 하는 초하루
만우절은
이제는 사람 사는
세상에서 사라진 고전

계수나무와 토끼가
어우러져 사는 절이
만우절萬愚寺이라고 해

애를 쓰며 찾아가
확인해 보려 해도
이곳저곳엔 웃고 웃는
꽃과 나무뿐이더라

소박한 기쁨

세상이 소란스러워도
화합할 수 있는 건
말과 행동에서
오타를 내지 않고
공존을 위해 권위를 버리고

따뜻한 붕어빵 속의
감칠맛 나는 팥소처럼
지행일치와 언행일치가 만들어 낸
입에 찰싹 붙는
어울림이란 양념과 고명 때문 아닐까

만우절

오늘은 기필코
속아 넘어가지 않겠다고
다짐했으나
진종일 무소식이다

몸이 늙어가니
악의 없고 피해를 주지 않으며
황당하게 웃고 웃게 하던
능청스러운 거짓말이
몽땅 졸업하고 떠났을까

조롱하고 조롱당해
갈팡질팡 난처하던
젊은 날로 되돌아갈 수 없으니
마음 한구석이 허전한 하루다

독서와 사색

독서만 많이 하거나
사색만 깊이 하게 되면
독선이 앞장서기에
똑바로 설 수가 없다고도 한다

사색과 독서가 조화로울 때
비로소
단비 같은 기쁨과
부처 같은 깨달음을 얻어

가을처럼
너그러워지는 것이지
서로 바꾸어 가며
대신할 수는 없다더라

폭풍전야

파도는 쉼이 없다
바람 또한 멈춤이 없다

이들에게 쉼과 멈춤이란
잔잔함과 고요함이다

성인군자도
굶주림에는 어찌할 줄 모른다

무지렁이라고
함부로 건드리지 말라

고요하고 잠잠함 속에는
어름처럼 차갑고 억센
사나운 폭풍우가 자고 있을 뿐이다

다함없이

비좁고 비좁은 길 돌고 돌아
밟히고 밟으면서
앞서려는 싸움 끝에
맨 윗자리에 올라

지나치게 누리려고
몽니를 부리면서
거드름을 피웠더니

마음속 어딘가가
썩어 문드러졌는지
오뉴월 쉬파리 꿇듯
좀처럼 누그러지지 않는다

어찌하여
쇠사슬에 꽁꽁 묶인 채
괴로워하게 되었을꼬

다른 뭐가 있겠냐만
그저 누리고자 하는 맘을
냉큼 내려놓는 수밖에

* 다함없다 : (사람의 마음이나 사물이) 한없이 크거나 많다.

허전한 마음

하찮은 짐승도
수구초심 할 줄 아는데

하물며 사람이
망향의 한을 달랠
자기 고향 산천을
어찌 잊으리오만

산천을 갈라놓는지
칠십여 세월을
옹이 박힌 채 버텨온 삶

가보고 싶어도
먼 곳으로 갈 날이
얼마 남지 않아
그게 한스러울 뿐

사랑은

희극이면서도 비극
붙박이가 아닌
움직이는 그림자

알콩달콩하다가도
별안간 백팔십도 변한다

노력 없이는 결실 없듯이
말로 얻는 게 아니라
부단한 행동이
앞서야 얻을 수 있다

천방지축 날뛰어도
시시비비 가리지 않고
믿음으로 인내하며
눈여겨 지켜봐야 한다

방심하면 공든 탑이
허망하게
무너져 내릴 수 있듯이

미워도 밉지 않아

친구들과
화기애애하던 술자리에
몇 순배의 술잔이 돌자
취기가 오르니
한 친구의 지적질 한마디에
말꼬리를 잡고 놓아주지 않아
벼락이 내리칠 기세다

그런 뜻이 아니라 해도
막무가내로 세차게 몰아붙여
말문을 닫고 묵묵부답 듣고 있더니
오간다는 말 없이 가버렸다

집에 와서 곰곰이 생각해 보니
칠십 넘은 나이에도 시들지 않고
우김질하는 걸 보면
아직도 늙지 않았다는 생각이 든다

카톡으로 친구에게
누구의 잘잘못을 떠나
중간에서 중재를 잘못한
내 탓이라 했더니

자기들이 좀 참았으면 될걸
서로 잘못했다며
주말에 둘레길에서 보자 한다

다툴 때 보면 바람 앞에 촛불 같더니
카톡을 보면 강풍이 불어오더라도
불씨가 꺼지지 않을 것만 같아
기분이 마냥 좋았지만
'얕은 내川도 깊이 건너라'는 말이
어찌 그리도 딱 맞는지...

* 얕은 내川도 깊이 건너라 : 무슨 일이든 쉽게 여기지 말고
                            조심하라는 의미

그네

그만한 또래 아이들
네가 먼저 내가 먼저
타고 싶어 안달복달하며
옥신각신 자유롭게 논다

어린아이 힘에 겨워
느긋하게 밀어주니
새가 되어 힘차게
허공을 차고 오르지만
공중제비는 돌지 못한다

무섭기는 해도 못 타면
섭섭하고 아쉽기에
마냥 웃으며
자기 차례가 오길
목 빠지게 기다린다

술을 멀리하자니

너를 홀짝홀짝
가슴속에 담고 나면
비행기를 타고 하늘을 나는 듯
달콤함에 젖어 들어

자물쇠가 채워진 입이
활짝 열려 청산유수라니
설렘일까, 만용일까,
객기일까, 어찌하면 좋을꼬

이유도 없이
자꾸만 좋아지는 널
멀리할 자신 없으니
어찌하면 좋을꼬

짝사랑의 신열을 앓기 전에
최애最愛하는
너와 기필코 결별해
뭇사람의 눈총을 받지 않고
은총을 받고 싶은데
어찌하면 좋을꼬

바람이라면

아내는 내게
생각 없이 산다고
매번 그렇게 말한다
정도의 차이겠지
생각 없이 사는 사람이 있을까

자식을 독립시키려니
만감이 교차하는
생각들이 엄습해 오는데

서로가 익숙함과 결별하고
새로운 질서를 창조해 가며

바람이라면
쇠털같이 많은 날을
어울림이란 화음으로
알콩달콩 오달지고 멋지게
살아가길 바랄 뿐

삶의 여정

지나쳐 왔던 길을
되돌아보며
설핏 떠오르는 생각

잘 못 들어서일까
점점 무서워만 가는
미로 같은 가시밭길

기뻐도 슬퍼도
모든 것을 담아내며
쉼 없이 걸어온 된길

훗날 첫발을 내딛던
그 길로 가는 길이
무례하지 않다면

새들의 날갯짓에
단풍처럼 곱게 물들어
즐거이 가고파라

* 된길 : 몹시 힘이 드는 길.

비록 삼식三食이지만

쪼금 더 살았다고
다 아는 것처럼
밉상스럽게 참견하려 할까

아직도 젊은 청춘인 줄 알고
시도 때도 없이
옆에 붙어 있으려 하니
맹하다고 해야 할까

귀찮고 불편하다고
울 수도 웃을 수도 없는데
봄 열 갈 결을
어찌 참고 견뎌야 할까

살맛 나던 일식一食이와
이식二食이 때의 호시절을
지울 수 없고 갈라서려 해도
변변한 벌이 없는 늙다리가
불쌍해 그럭저럭 살 수밖에

* 봄 열 갈 결 : 봄 여름 가을 겨울 사계절을 말함.

커트라인이 없는 행복

세월이란 도둑에게
빼앗겨 가며 사는 삶
짧기만 한데
서로가 짐이 되어 아픔만 남겨요

봄이 되면 겨울의 고단함을
모두 내려놓듯이
내려놓으면 될 것을
붙잡아 두려고만 하니 그래요

그러니 슬퍼지고 우울해져요
이런 것들은
세월 도둑에게 주어버리고

지나간 어제와
다가올 내일을 잊어버리고
오늘 이럭저럭 소통하다 보면

마음속 깊이 잠든 무지개가
활짝 떠오르듯이
바로 지금 달콤한 행복의
금빛 무지개가 두둥실 떠오를 터이니

반복 학습

얼어붙어 버린
도심 속 둘레
오리五里 넘는 호수

물속으로
들어가지 못하고
배회하던 오리 떼
구석진 곳에서
물 솟아나는 곳이
얼지 않은 것을 알고서

우르르 내려앉아
자맥질에 분주하다
혹시 지난겨울에
머물렀다 간 적 있나

풍란

바위틈에 끼어
뙤약볕에 목이 타고
몸이 말라붙으려 해
살아가기 힘겨워도

가끔 피어오르는
자욱한 물안개 덕에
목을 축일 수 있어
결초보은하려는 듯

흰 나비 되어
그윽한 꽃향기 퍼 나르며
우리네 각박한 마음
누그러지게 하면서도

아무렇지도 않은 듯
척박한 터전을 지키며
늘 변함없는 청초함으로
꿋꿋한 지조와 절개를 지닌 널
본받고 싶어라

묵언 수행

실패한 첫사랑은
응어리져 있던 감정을
아무도 모르게
가슴속 깊이 간직하고서

잊을 만하면
불쑥 꺼내 보고 싶어
잊지 못하면서도
알려져서는 안 될
비밀을 숨겨둔 치부책

흥망성쇠

한마디 말이
상대의 가슴속에
들어앉았다가
부패할 것인지 발효할 것인지
뜸 들여 생각해 보고
말할 수 있는 여유

물레바퀴 돌리듯
사람을
죽일 수도, 살릴 수도 있는
말발이 서는
말의 신비스러운 힘

발효된 말이란
권세와는 무관하고
인간관계에서 소통과 믿음으로
말발이 서고 말발이 먹혀
서로에게 힘이 되는 것으로
말이 살아온 상이한 궤적

괜찮아 힘내렴

설사 그가 그랬더라도
설마 내게 큰 피해가 갈 줄 알았겠냐
설사 그걸 알았더라도
얼마나 급했으면 그렇겠냐

설사 원상회복이 안 되더라도
할 수 없지, 뭐
설마 그대로 주저앉기야 하겠냐
설사 그렇더라도 괜찮아
그를 탓하지 말게
시간이 지나면
어둠의 터널을 벗어나겠지

설사 그랬든, 설마 그랬든
설사면 어떻고, 설마면 또 어떠하리
문경지교는 아니라도 죽마고우인데
믿지 못하면서 벗이라 할 수 있겠나

* 설사 : 가정하여
* 설마 : 아무리 그러하다 하더라도

공존의 틀

영원히 불멸한 것 있을까
혼자서 잘났다고
세모나 네모로 살아가려 하니
둥글게 살아가는 맛을 모른다

저 혼자 잘났다 해도 보는 사람이
닭 쫓던 개 지붕 쳐다보듯 하면
제풀에 쪽팔려 붉으락푸르락하겠지

보이는 게 다가 아니고
잘났다 못났다 하는 것은 생각의 차이로
당신의 삐뚤어진 마음이 문제 아닐까

둥글게 둥글게 요모조모
잘 살펴보면 어슷비슷할 것 같아도
나름대로 차이가 나는
잘난 구석이 있기 마련 아닐까

늘 그렇듯이

재충전을 위해 나선 길
가는 날이 장날이라고
교통체증이 심각한데
그걸 생각조차 못 해

짜증이 좀 났지만
한 폭의 그림 같은
높고 새파란 하늘이
방긋 반겨주니 기뻤고

단풍이 그린 수채화를
넋이 나간 듯 구경하고 나니
집에서 쉬었더라면
어땠을까 후회할 뻔했다

가을에는 무작정 길을 나서도
코스모스와 산국 들국의 반김에
오색 찬란한 불길 속을 거닐며
낯익은 풍경을 벗 삼아
온갖 시름 달래고 날려 보내리

마음만이라도

하늘이 높아요
맑고 청명하다는 말이겠지요

바람이 가벼워요
차갑지 않고
온기가 있다는 말이겠지요

맑고 청아하고
온기를 느끼게 하는
가을하늘과 바람이 있어
모두가 행복하겠지요

그래도 나는 사랑하는
당신이 내 곁에 있어
더욱더 행복합니다

봄은 환희의 송가

꽃이 자꾸만
그리워지는 계절에
하루가 다르게
맑고 푸른 하늘 아래

폭포수 물이 떨어지며
무지개 꽃을 피워 내듯
봄의 화신이
꽃망울을 쏟아내기 시작해
절로 감탄사를 남발하게 한다

봄날이 아름다운 것은
수많은 어려움에도
굴하지 않고 꿋꿋하게
제 할 일 다 하려고
기운차게 샘솟는 생의 환희
꽃의 지고지순한 삶

우리를 들었다 놓았다
울고 웃고 춤추게 하며
희망을 샘솟게 하는 생의 환희

둘이 함께라면

단풍 물들어
아름다운 계절에
사방팔방에
화기애애한 짝꿍들

시린 바람 불어오기 전에
혈혈단신 외돌토리에게도
소곤소곤 속삭이며
손 맞잡아 줄 사람
스리슬쩍 다가와

땀으로 일구어낸
가을 향기에 취해
엄동설한을 따스하게
함께 보낼 수 있었으면

나의 껌딱지

걸음마를 배운 이후
문지방이 닳도록 드나들던
여든 해를 벗이 되어 준 너

길을 나서려면
문 앞에서 다소곳이
기다리고 있는 너

너무 막 부려 먹어
꼴이 꾀죄죄하여
작별 인사 없이 이별할 때도
불평 한마디 없던 너

산전수전 겪으면서
충직한 벗임을 알면서도
고맙다는 말 못 하고
겉돌았었지, 미안해, 고마워

눈雪과 어머니

기다리기는 했으나
천지를 덮게 올 줄이야
눈앞의 설경을 보니
포근함에 푹 빠져
덩달아 잠이 온다

물리쳐 보려
커피 요정을 불러와도
속수무책 스르르 존다

노모는 제백사하고
통증 치료를 위해
병원에 가야 하는데

잣눈이 아양 떨며
'가요무대'를 보며
며칠 쉬었다 가라 한다

마음만 앞서네

겨울이 추워도 너무 춥다
입에 풀칠하기 위해
해산물을 채취하느냐
썰물에 갯벌로 나가
밀물이 들어올 때까지
고생고생하느냐

꽁꽁 얼어 곱은
어머니 손을
아랫목 이불속에 넣어둔
따끈한
놋쇠 밥그릇을 꺼내 녹여야겠다

복伏날

매일 청아한 울림으로
아침을 힘차게 깨우던 수탉

오늘이 복날이라고
온종일
이 집 저 집 왁자한데

내일 첫새벽에
너의 상쾌한 울림의
범종 소리를
들을 수 있으려나

괜한 걱정이 앞서는데
부질없는 생각이었으면 하는
이런저런 상념에 잠긴다

식후 삼매경

하늘에는 별이 총총
책상에는 책이 층층

밥상에는 반찬 가득
입속에는 향기 가득

콧잔등의 밥풀 보고
익살스레 서로 웃고

불뚝한 배에 트림 질
잘 먹었단 봄 졸음에

어리석은 몽상에 취해
낮잠 한숨 자고 나면
천하가 다 내 것 같다

짝꿍 인연

옷깃만 스쳐도 인연因緣이란
남남이 만나 포옹하는 일로
인과 연이 귀한 제짝이라서
인연을 소중하고 소중하다 한다

지필연묵이란 문방사우가
좋든 싫든 함께 있어야
비로소 제구실할 수 있듯
짝을 이루는 일이란 이렇듯 중하다

부부라는 연을 가지려면
칠만 겁의 선善한 일을 쌓아야 하고
부부라는 연으로 계속 살아가려면
애착과 집착이란 매듭의 고리를 끊고
나 없다는 듯 서로 나를 죽여 가며

짝을 위해 희犧와 생牲으로 새롭게
칠만 겁의 선업善業을 쌓아가며 지낸다면
죽음에 이르지 않는 한 그 연의 고리
절대로 끊어질 일이 없다고 한다

외로운 빨간 우체통

거리를 장식하던 빨간 우체통
집배원의 노고에
서로의 체온을 느낄 수 있고
기다림의 여유를 주던 손 편지

북적이는 거리에 우두커니 서서
빈속을 채워줄 반가운 발길
기다리지만, 부지하세월이라

웬걸 그놈의 이상하고
요망스러운 물건 때문에
손 편지를 쓰는 사람
가뭄에 콩 나듯 하니
뭘 할 수 있겠나

쓸모없게 되어 간들
원망할 수 없으니
가는 세월 앞에
폭삭 늙어만 가니 어찌해야 할꼬

상생하려면

빠른 것은 빠른 대로
늦는 것은 늦는 대로

세월을 거스르지 않고
갈 길 가면 되는 거지

쫓기듯 조급해하면서
달음박질친다고 소용 있겠나

본래 그렇게 만들어진 것을
어떻게 바꿀 수 있을까

서로 다름을 인정하면서
넌지시 웃어주면 될 일을
지적질하려 들지 말게나

개성의 차이

탕수육 찍어 먹으면 어떻고
부어 먹으면 어떤가

커피
냉커피가 좋다
뜨거운 커피가 좋다

먹는 방법과 입맛의 차이를
인정하면 그만인 걸

십인십색 제각각인 것을
이러쿵저러쿵하며

얼굴 붉히면서 다툼질이라니
먹고살기 힘겨운데
참, 그렇게도 할 일도 없나보다
무엇을 먹든
꼭꼭 씹어 맛있게 먹으면 됐지

빠를수록 좋더라

별것 아닌 일로
말승강이를 벌이다 헤어져
정말 미안하고 찜찜하여
뒷날 아침 바로 전화를 걸어
만나자 했더니 흔쾌히 좋다 했다

찾아가 정중히 사과했더니
달콤한 꿀차와
꿀맛 나는 사과 등으로
융숭한 대접을 받으나
빈손으로 찾아간 내가 부끄러웠다

고마움에
꿀맛 나는 사과 한 상자를
퀵서비스로 보냈더니
사과赦過가 사과沙果를 낳았다며
너털웃음을 웃으며
고맙게 잘 먹겠다 했다
잘못을 인정하고 나니
이리도 마음이 개운할 줄이야

* 말승강이 : 말로써 옥신각신하는 일.

잊지 못할 크나큰 배려

초행길에 등정한 산
정상에 올랐다가
내려오는 길에 갑작스러운 눈보라에
길을 잘못 들어 헤매다가
식당도 잘 곳도 없는

집들이 띄엄띄엄 떨어진
산골 마을에 도착했으나
이미 버스도 끊겨
적막한 시골 정류장에 앉았다가

용기를 내어 가까운 집 문을 두드려
사정을 이야기하니
늙은 어머니가 들어오라 한다

저녁은 아직이겠지 하며 내민
따듯한 물 한 잔을 마시고 나니
어느새 얼었던 얼굴에 혈색이 돌 때

우선 요기하라며

찐 고구마를 내놓으며

밥을 짓겠다 해

내심內心 고마워, 이거면 됐다고 하니

어머니

밖으로 나가더니 얼음 속에서

막 떠내 온

동치미 한 사발에 모락모락 김이 서려

이빨 시린 것도 잊은 채 먹고 나니

가슴이 따듯해져

그제야 제정신이 들어

고맙다고 했더니 괘념치 말라는

우리네 인심 참으로 곱고도 고아라

술이란

무지갯빛 거짓말을
들어줄 벗을 통해
한숨 소리나 웃음소리에

고개 끄덕이며
주거니 받거니 하는
장단에 맞춰 취하는 맛

* 무지갯빛 거짓말 : 피천득의 수필집
'인연'에서 인용 '이야기를 재미있게 하기 위해서 하는 거짓말'

욕심 내려놓기

권한다고 덥석 또 응하면 어쩌나
불한당 같은 마음으로
몇 번을 연임했으면 됐지
비우지 못하고 계속해 먹겠다니
과유불급이란 말 무색해라

화무십일홍이란 말 무시하면
젊은이들이 가만두지 않고
일내겠다는 각오로 밀어붙이니
일 벌어지기 전에 내려오게

젊은이들에게 양보함은
화단에 꽃씨를 심어 놓고서
애써 기다리지 않아도 싹이 나
모두가 예쁜 꽃이라 하며
한껏 우러러보는 것 같지 않을까

승자의 미덕이란
다른 사람과 공존하려는
여유로움이 아닐까

수평선 너머

넓고도 넓고 깊고도 깊은
알 수 없는 저물녘 난바다

고패질하기 바쁜데
샛바람 탄 너울이
배를 요동치게 한다

숨 돌릴 틈 없이
낚싯대를 들어 올리려는데
야속하게도 눈썹만큼 남은
달마저 소사스레 숨어 버렸다

* 고패질 : 낚싯줄이 걸치는 작은 바퀴나 고리를 반복적으로
　　　　　감거나 푸는 행위.
　　　　　물고기의 호기심을 자극하여 입질을 유도하기 위함.
　　　　　(우리말샘)
* 소사스레 : 보기에 행동이 좀스럽고 간사한 데가 있게.

사랑한다는 말

아침 햇살과 마주하는 곳
당신과 나의 행복한 뜨락
따뜻한 차 한잔 나누면서
하루를 열어가는 열린 문

열고 닫힘을 거듭하면서
화가 나기도 화기애애하기도 하던 날
서로의 다름을 인정하니
해를 거듭할수록 좋은 인연

눈치를 보면 알 것 같은데
계면쩍고 어색할까 봐
말하려다 미적대며 하지 못한 말
이젠 말할 수 있어 참 좋아요

여보如寶는 당신과
당신當身은 여보와
서로 하나 되어 사랑합니다

외면된 진실

존재하지도 않은 아직도라는 섬에
끼리끼리 똘똘 뭉쳐
아직도 부끄러운 줄 모르고 당당하다

아직도 권력의 정점에 있는 듯
기고만장 내려올 줄 모르고
아직도 겁 없는 어린애처럼
천방지축 날뛰며 헛소리한다

아직도 지난날의 못된 짓이
한 점 부끄럼 없이 떳떳하다고
반성할 줄 모르고 떵떵거리며
호의호식하며 잘도 지낸다

좌불안석이면서도
변한 것도 변할 것도
없을 것 같으니
아마도, 아직도
그들만의 세상인가 보다

도긴개긴

알에서 깨어나
험난한 과정을 겪고서
나비가 되듯이

봄꽃이 예쁘게 피려면
겨울의 혹한을 견뎌야 한다

손 타지 않았는데
바람맞았나
꽃이 힘들어하지만
꽃이 지면 세월 흐르고
황금 들녘으로 변하듯

인간사 또한
힘겨운 역경을 이겨내야
행복을 누릴 수 있지 않을까

추억의 진달래꽃

푸른 치마 벗어두고서
붉디붉은 저고리만 입는 너는
성냥 당겨 온 산을 태웠지

어릴 적 학교가 파한 뒤
출출한 배 채우려 너를
따 먹고 먹어도 배부르지 않았다

땔감이 부족하여
줄기를 베고, 뿌리를 파서
밥 짓고 군불 지핀 땔거리였다

세월이 흘러 살림살이 좋아져
귀찮게 굴지 않았더니
몸피가 멀대처럼 커졌구나

옛 시절의 그리운 벗들과
민저고리 화전에 탁배기로
목축여 가며 회포를 풀어야겠다

들풀과 풀꽃

꽃피지 않은 들풀 있을까
들풀이 몸을 풀면
풀꽃 화들짝 웃으며 깨어난다

문어발처럼 마구 뻗어나가
운이 없으면 농사에 지장을 주는
잡초라고 하여 뽑혀
발길에 차이고 문드러진다

한겨울 문설주에 낀
고목에서 새순이 움트듯이
억척스럽게 일어나 무리를 지어 피워낸
그 이름도 예쁜 풀꽃

이런 너를 누가 하찮다고 하겠나
너 있음에 우리 몸과 마음에도 꽃이 핀다

알 수 없는 내일

해 질 녘
형형색색의 융단으로
뒤덮었다 사라지는 빛

가까이서 보면
푸르스름하고
멀리서 보면 금빛 찬란함

그대가
우리에게 주는 선물로
결코 오늘
풀어 볼 수 없게 하여

마음 설레게 하고
가슴 불타게 하며
그 뭐에도 얽매이지 않은
아기자기한 요술 보따리

여름 단상

냇물에 두 발 담그고
송사리 떼와 노닥거리다
햇발에 화끈 달군 얼굴

해가 뉘엿하게 넘어가려니
목마름이 발동해
수박 서리 생각에 골똘하다
그만 부끄러워

시원한 바람에도
햇볕보다 더 뜨거운
화끈거림에 땀범벅으로
붉게 물드는 얼굴

시 ; 꽃이다

꽃은 풋풋하다.
크든 작든 그 속에는
사람이 살아온
삶의 궤적이 담겨 있다.

꽃은 산이 되었다가
바다가 되기도 하고
때론 거센 비바람이 된다.

지난날을 되새김질하며
홀로 의젓해질 수 있기에
보잘것없는 꽃은 없다.

꽃은 삼라만상의 변화에
적절히 대응할 수 있어
삶에 생기를 돌게 하는
마력을 지닌 묘약 중의 묘약이다.

단풍 질 때면

밤새 멀미 나게
요동치던 회오리바람에도

목숨 꿋꿋이 부지하던
낯익은 얼굴들
짧은 순간에 격하게
꼬꾸라질 날 오겠지만

헤어짐엔
추억이 쌓이고 쌓여야
오진 그리움이 남듯이
그렇게 간다고 해도

아파하지 않고
그때의 즐거웠던 추억을
가슴속에 깊이 간직하리니

추분 때쯤엔

가을걷이 앞에 두고
웬 놈의 비가
이리도 자주 내리려고 하니
아버지는 안절부절못하고

어머니 손은 쉴 새 없이
이것저것 하느냐 바쁜 틈에도
할머니의 군소리 듣기 전에
잘 말린 오가리 나물을
항아리에 담느냐, 분주하다

아니나 다를까
채마밭에 다녀온 할머니
겨울과 대보름에 쓸 수 있게
오가리 나물을 잘 두었느냐 한다
큰일도 아닌데 큰일 날뻔했다

더도 덜도 치우침이 없는
살림 구단 어머니
알아서 척척 잘도 하건만
어른들은 늘 물가에 놓아둔
아이처럼 걱정하기 마련이다

가난이 주는 가르침

말하기 좋아하는 사람은
아침은 겨우 희멀건 죽에
물 한 사발로 때운 점심에다
저녁엔 고작 꽁보리 고봉밥이냐고 타박한다

오죽하면 그러겠나 남의 사정 모르면서
제 생각대로 말하니 마음 상한 들 어떠하겠나
죽어라 일해도 벌어들이는 것 쥐꼬리만 한데
배곯아 본 적 없는 사람이
배곯은 사람의 속사정을 알기나 할까

그래도 좌절하지 않고 자식 건사 잘하려
닥치는 대로 아금받게 일하며
두 손 모아 하늘에 비손 기도 덕일까

개천에서 용이 나듯이 뱀뱀이 있게 커 줘
노년을 걱정 없이 그럭저럭 지낼 수 있으니
천만다행이지 더 바랄게 뭐 있겠나

* 아금받다 : 야무지고 다부지다.
* 뱀뱀이 : 예의범절이나 도덕에 대한 교양.

한 톨의 밤栗

엄나무 가시 옷을 입고
고행의 면벽 수행을 위해
하안거에 들어갔다

세상에서 받은 것을
다 돌려주려 회향한다

회향의 결실일까
가을 들녘은
온통 알알이 익어
가을 색으로 변해 간다

가을 결실이 위대한 것은
속살을 감추지 않고
자신의 한 몸을 불살라 가며
본향으로
돌아가려는데, 있지 않을까

행복은 어디서 오나

하늘이 높고 푸른 것은
바람이 구름을
보이지 않은 곳으로 보내서일까

느낌 좋은 사람이란
제 몸에서 생겨나는
마음속 욕심을 바람에
씻어내 날려 보내서일까

욕심을 버리고 비울 때
울림이 좋은 노래가 되고
보석보다 더 빛나는 맘이 되어

선함으로 한가득 채워져야만
사들 사들 하지 않고 여일如一할 때
행복이 다가오는 것일까

* 사들사들하다 : 조금씩 시들어 가거나 시든 듯하다.
* 여일如一하다 : 처음부터 끝까지 한결같다.

가을날

여름과 티격태격하면서도
많은 이야기를 나누며
오순도순 지내다가
안타깝게도

멀리 떠나기 위해
화려한 화장과 치장하고서
방긋방긋 예쁘게 웃는다

붙잡아 달라고 하지 않고
풀은 시들어 맺음을 끊고
나뭇잎은 나풀대다 떨어지며
그렇게 슬며시 눈을 감는다

별리別離가 너무나 아쉬워도
누구도 눈물 훔치지 않고
어떠한 말도 하지 않음은
다시 오리라는 굳은 믿음에서
그러한가 보다

걱정 뚝

너 무서워 움츠리고서
너 무서워 장 못 담글까
코로나-19는 어째서
성가시면서 끈질기뇨

달빛 고요히 흐르는 밤
그립고 보고픈 벗이여
주막집 창가의 달빛은
다정히도 속삭이건만

우리 둘만의 만남 아니기에
머뭇거리다가 못 만남
카톡 대화 주고받으며
소소한 행복 누리면서

보란 듯 견뎌낸 모습에
몹쓸 원수 같은 코로나
주눅 들어
후딱 도망갔으면 좋겠네

속없던 어린 시절

동트기 전에 출타하려는
외할아버지를 위해
어스름한 부엌에
호롱불을 밝힌 할머니가
노구솥에 짓는 흰쌀밥

식사를 마치고 대문을 나설 때
건성으로 인사하고
재빠르게 들어와
몇 순갈의 대궁밥을
금세 뚝딱 먹어 치우는 약삭빠름

나잇살 먹어서야
일찍 일어나 잘 다녀오라는
외손주를 위한 속정 깊은
내리사랑임을 깨닫고서야
그 시절이 아련하게
떠오를 때마다 계면쩍고
가슴이 뭉클해 눈물 콧물 훔친다

* 노구(鑪口) : 놋쇠나 구리쇠로 만든 작은 솥으로 자유롭게 옮겨
       따로 걸고 쓸 수 있음.

젖지 않은 비

바람 한 점 없는
청명한 늦가을
우수수 떨어지는
비를 맞으며

산길을 걸어도
옷이 젖지 않음이
화려한 봄날을 기약하는
나뭇잎 파르르

떨어지는 소릴 줄이야

늦가을 풍경

추상화의 일인자인 가을

하늘엔
각기 다른 모양과 색깔의
솜사탕을 대롱대롱 매달아 놓고

산과 들엔
여물게 탄성을 지르게 하는
오색웃음꽃 피워 놓고

잔잔한 물속엔 추상화를
거꾸로 매달아 놓고

전시회를 열어 놓으니
입도 코도 벌름벌름
입추의 여지가 없다

감정感情평가사

어떤 물건의 값어치를
예상하여 평가하는 것 아니라
문턱이 없어 아무나 할 수 있다

아집에 길든
나잇살 먹은 사람보다
일곱 살 어린아이가
더 정확히 평가할 수도 있다
평가 결과는 평가받는 사람이
고개를 끄덕이면 맞는다는 뜻일 것이다

수수료는 엄청나게 싸다
숨겨둔 감정을 풀어헤쳐
너털웃음 한바탕 웃어주면 그만인데

살아가며 자주 평가해 주어도
쉽게 받아들이려 하지 않고 뭉개면서
시간만 축내는 것 창피하지도 않나 보다

욕심은 다름에서

꽃과 열매가 다르다고
그들은
서로 비교하며 틀리다
우쭐대지 않는다

사람은 생각과 능력이
각기 다른데도
서로가 우위에 서겠다는
욕심에 쉽게 빠져든다

비교란
욕심일까, 낭비일까
발전일까, 희망일까
그게 없다면 무능함일까

저물었던 저 태양이
다시 떠 오르지만
같은 태양은 아닐지라도
견주려 않고 무덤덤하듯이

나의 어머니

곤경에 빠진 나를
괜찮아하고
이해하고 받아 주며
바른길로 돌아올 때까지
기다려 주고

엷은 미소로 웃어 주는
오직 한 분

왠지 부르면 가슴 뜨거워지는
어머니라 부르는 이름
영원히 포기할 줄 모르는 모정

단풍과 노년

세월이 어디쯤 왔을까 하고
무심코 산과 들을 바라보니
잎이란 잎들이
곱게 물들어 가는 생의 절정기다

다시 올 날을 기약하며
풀잎은 시들어 떨어지고
단풍 지고 나면
나무는 홀랑 옷을 벗는다

사람도 나이 지긋해지면
시들해지고 옷도 벗겠지만
다음을 기약할 수는 없다

그러니 마음을 곱게 써
곱디곱게 물든 초목처럼
이 사람 저 사람의
입에서 회자하길 원한다

겨울나기와 나눔

월동 준비를 위해
세계가 알아주는
참살이 식품인

김장을 마치고
정을 담아 이웃 간에
나누는 일 끝냈으나

김장독이 없고
묻을 곳도 없는데
어디서 숙성해야 하나

걱정도 팔자다, 귀찮게 땅에 묻나
김치 종주국답게
집마다 김치냉장고 있잖아

유네스코 인류무형유산인
김장과 나눔의 문화
영원히 지켜나가야 할 우리의 유산
갓 담은 김장 김치에 삶은 돼지고기와
막걸리의 어울림 흥겹고 즐거워라

인생사 새옹지마

가고 오는 것을
어찌 뜻대로
막을 수 있단 말인가

지나간 시간과 머무는 시간이
쌓이는 것을 세월이라 한다

달도 차면 기울듯이
산처럼 쌓인
세월도 허물어지는데

세상사 한 치 앞을
가름할 수 없으니
너무 높이 오르려고만
하지 말게나

우리가 밟고 살아가는 땅도
오르막 내리막 있듯이
그렇고 그런 것을

십일월의 전경

푸른빛 감도는
구름 한 점 없는 하늘과
짙푸른 빛 흐르는 강물에
낚싯대를 드리우고
구시렁대는 소리

알록달록 이쁜 단풍 숲
훤히 드러난 숲의 전경
쓸쓸함과 적막함 뿐인데
처량치도 구슬프지도 않다

겨울 나목

푸른 희망으로 올랐다
오색 물든 이별로 가건만
기꺼이 자신을 희생하는
불굴의 정신, 참으로 장하다

그 아까운 것들을
붙잡아 두려 하지 않고
훌훌 다 떠나보내 버리고
홑바지 차림으로
한 치의 오차도 없이
설한풍을 이겨내는
불굴의 힘, 참으로 장하다

물욕을 탐하지 않은 것 있으라만
아무런 욕심도 두려움도 없이
그저 오늘에 만족하고자 하는
치열한 몸부림, 참으로 장하다

입동 치계미

단풍 떨어지지 않고
날씨까지 훈훈해
바깥출입 하기 좋은 날

꿩고기는 없어도 닭죽을 쑤고
과일과 떡에 막걸리는
물론 잔치에 빠질 수 없는
가무까지 준비하다니

요즘 시골 마을에서 육십은
노인 축에 끼지 못하는
애늙은이라고들 하는데

이들이
노인을 공경하겠다며
마을 경로잔치 벌이느냐고
부족한 솜씨에 정성을 다했으니
대견스럽지 않은가

* 치계미(雉鷄米) : 입동날 노인을 공경하는 아름다운 풍속,
　　　　　　　　　노인들을 모시고 음식을 준비하여 대접
　　　　　　　　　하는 일.

문경지교

가난뱅이인 나와
뼈대 있는 집 아들과
초등학생 시절
문경지교 하자 손가락 걸었으나

그 친구
의젓하고 준수하게 커
괜찮다는 집안끼리
혼인하더니

깨 털고 볶기를 일 년쯤
그 잘난 성격 차로 종 치고
소식 없이 미국으로 날아갔다

칠십 문턱을 넘고서야
돌아오겠다며
생과 사는 같이 못 해도
그 시절을 추억 삼아
동무하자니 솔깃하다

작은 관심과 배려

춥다 춥다
몸도 마음도 춥다
겨울이니 그러려니 하지만
올겨울은 왠지 더 춥다

홀로 사는 이웃에
나름대로 정성 들여 담은
김장 김치 몇 포기 전하려니
찬 기운이 뼈를 때린다

붉고 따사롭게 타오르는
연탄 몇 십장 들여놓아야겠다
냉골에 들어앉은
이웃의 몸과 마음
조금이라도 녹아내리게

흐르는 세월

새벽마다 초가지붕 위에서
수탉이 꼬끼오 하고
아침을 알리는 자명종 울리면
여기저기서 덩달아 울어대니
별수 없이 일어나게 된다

옷매무시를 가다듬고
책보를 등에 메고
마루를 내려섰다 하면
수탉은
얄망궂게 쪼려啄 달려드니
눈치를 살펴 가며
살금살금 사립문을 나선다

이제는 세태가 변해 버려
두메산골에서나
보고 들을 수 있다니
아, 그 시절의 정겨운
자명종 소리
다시 들을 수 있으려나

* 얄망궂다 : 성질이나 태도가 괴상하고 까다로워 얄미운 데가
있다.

충효의 대물림

구순이 넘은
꼬부랑 할머니의
정월 초삼일 생신날이면
온 가족이 모여
만수무강을 축원한다

할머니는 가족
한 사람 한 사람에게
올 한 해도 무탈하라
축복의 말을 해주는
우리 집 가풍 지킴이

비록
혼돈의 시대를 살아갈망정
이런 가족 간의 우애
영원하길 기대해 본다

칠월의 밤 풍경

더위에 잠 못 이룬 밤
할머니의 무릎에 누워
하늘을 보며
별 하나, 나 하나를 셈하다가
그만 잠들어 버린 그 시절
할머니의 무릎이 그리운 밤

모깃불이 메케하고
복숭아 속에 벌레가
도사리고 있는 줄도 모르고
아삭 바삭 맛나게 씹어 먹던
별이 빛나던 행복 가득한 밤

할머니의 다정한 이야기 소리와
별똥별 스치는 아름답게 빛나던 별을
도무지 찾을 수 없어 잠 못 드는 밤

허전한 마음을 허공에 그려가며
그 시절의 추억을 떠올려 보는
야속하기만 한, 밤 그리움

일말의 희망

팍팍하기만 한
세상이라고
개구리 올챙이 적으로
돌아가고 싶어 한다

누구나 힘들 때면
돌아갈 수 없다는 걸
잘 알면서도
그런 생각하는 것은
그저 넋두리일 뿐이다

다가올 내일을
잘 알지 못하면서도
그저 오늘보다는
더 좋으리라는
막연한 생각으로

오늘을 견디며 사는 것처럼

마을 정자나무

위엄 있데, 인자하게
큰 그늘 마당을 만들어 주니
남녀노소 삼삼오오 모여들어
흉도 보고 칭찬도 하는 소리에도
맞장구쳐 주지도 않는다

그저 그냥
그 자리에 우두커니 서서
주는 것을 헤아리지 말고
받는 것을 셈해보라며
선문답을 주고받는다

찬 바람 씽씽 불어와도
한 점 흐트러짐 없이
실바람인 양 살랑살랑
때깔 곱게 물든 갈잎
획를 치는
가을 나비 되어 춤을 춘다

우정

불길 같기도
물길 같기도 하여

왕성하다가도
별안간 시들해지거나 말라
쩍 갈라졌다가도
찰싹 붙기도 한다

자칫 크게 부딪히면
금이 가고 깨져 버려
끝끝내 복원할 수 없게 되기도 한다

상대방의 입장이 되어
공감하고 함께하면
서로의 가슴에 영원히 간직될
믿음의 증표로 남지 않을까

시인의 넋두리

연필을 놓지 않으려는
끈질김이 필요한 것이 글쓰기란 생각을 한다.

글쓰기가 업業이 아니지만, 남이 알아주지 않아도
남과 비교하지 않고 나름 자신만의 길을 가는 것
즉 절제된 생각과 언어로 쓸 수 있을 때까지 쓰는 일이
몸과 마음이 평화로운 상태가 되어 행복해지니까 쉼 없
이 쓴다.

내 글이 비록 유려한 문장은 아니더라도
읽는 누군가가 작은 만족이라도 얻어 간다면 다행스러
운 일이다.

큰 것에서 큰 것을 찾은 일보다
보이지 않는 조그마한 것에서
작지만, 반짝 빛나는 것을 찾아내는 것이야말로
즐거움을 가져다주기 때문이다.

곤고하고 혼미한 시대에 우리 정신이 조금은 정제되어
삶이 풍요롭고 만족스럽기를 바라는
마음을 갖는다면 너무 크나큰 욕심이겠지만,
조그마한 위안이라도 받기를 바라는 마음에서
제5시집 '괜찮아 힘내렴'을 출간한다.

출간을 위해 수고해 주신 분들과 독자님들의 건승을 기
원합니다.
고맙습니다. 행복하시길 빕니다.

괜찮아 힘내렴

박희홍 제5시집

2023년 7월 7일 초판 1쇄
2023년 7월 11일 발행
지 은 이 : 박희홍
펴 낸 이 : 김락호
디자인 편집 : 이은희
기 획 : 시사랑음악사랑
연 락 처 : 1899-1341
홈페이지 주소 : www.poemmusic.net
E-Mail : poemarts@hanmail.net

정가 : 10,000원
ISBN : 979-11-6284-455-7